AF355697

CATALOGUE (N° 45)

—

ESTAMPES

ANCIENNES ET MODERNES

PRINCIPALEMENT

DE L'ÉCOLE FRANÇAISE DU XVIII° SIÈCLE

Costumes de Modes — Portraits

DESSINS

MINIATURES, LIVRES, etc.

DONT LA VENTE AURA LIEU

HOTEL DES COMMISSAIRES-PRISEURS

RUE DROUOT, 9, SALLE N° 4

Le Jeudi 26 Novembre 1885

A DEUX HEURES

—

M° Maurice DELESTRE | M. DUPONT aîné
COMMIS^{re}-PRISEUR | MARCHAND D'ESTAMPES
Rue Drouot, n° 27 | Rue de Seine, n° 21

——

PARIS — 1885

CONDITIONS DE LA VENTE

Elle sera faite au comptant.

Les Acquéreurs paieront CINQ POUR CENT en sus des enchères, applicables aux frais.

M. DUPONT, chargé de la Vente, se réserve la faculté de réunir ou de diviser les lots.

Pour les Dessins, nous avons suivi les attributions de l'Amateur.

L'ordre du Catalogue sera suivi.

ESTAMPES

---

1 **Bar** (J-.Ch.). Costumes de Chevaliers de St-Louis.
5 p., dont quatre coloriées.

2 **Bartolozzi** (F.). Portrait de Angelica Kauffmann,
d'ap. Joshua Reynolds. Très belle ép.

3 **Basset** (Chez). Charlotte Corday, tenant un poi-
gnard. in-8. Belle ép., toute marge.

4 **Baudouin** (D'après). Les Cerises, par Ponce.
Belle ép.

5 **Beauvarlet** (J.). La Sultane. — La Confidence,
d'après Vanloo. 2 p., très belles ép.

6 **Bérain**. Cheminées, coupoles, etc. 9 p.

7 **Bonnart**. Portraits de Louis XIV, le grand Dau-
phin, le duc de Vendôme, le duc de Richelieu, le
comte de Toulouse, le roi d'Espagne, etc., en pied.
15 p., belles ép.

8 — Costumes de Seigneurs et de dames, 18 p.

9 **Bonnet**. Les Amours rendant hommage à Vénus,
d'après Huet. Très belle ép. en couleur.

10 **Bosse** (Abr.). Costumes militaires. 9 p., belles ép.

11 **Boucher** (Fr.). La petite Reposée. Belle ép. du 2° état, avec l'adresse de Buldet.

12 **Boucher** (D'après). Le repos de Vénus, par Petit. Belle ép. à la sanguine.

13 **Bracquemond**. Le haut d'un battant de porte. Très belle ép. avant la lettre sur papier du japon.

14 — Ils s'en allaient dodelinant..... Très belle ép. avant la lettre sur japon.

15 — Frontispice. — Scène de Rabelais. — Vue de la Seine au Bas-Meudon. — Attelage, d'après Dubuisson, etc. 6 p., épreuves d'artiste. Rares.

16 — Portrait de Charles Baudelaire. Belle ép. avant la lettre sur chine non collé.

17 — L'Inconnu. — Les Taupes. — Sarcelles. 3 p., belles ép.

18 **Callot** (J.). Les petites Misères de la Guerre. Suite de 7 p., belles ép.

19 — Histoire de l'Enfant prodigue, La grande Chasse, etc. 10 p.

20 **Callot** (D'ap.). La Noblesse. — Les Gueux. 31 p. en 1 vol. cart.

21 **Canaletti**. Vues et paysages, 7 p.

22 **Carrache** (A.) Sujets mythologiques, gravés à l'eau-forte. 9 p.

23 **Céroni**. Portraits de la suite de Emaux de Petitot. 14 p., dont quatre avant la lettre.

24 **Chardin** (D'ap.). La Serinette, par Laurent Cars. Très belle ép.

25 — La Gouvernante, par Lépicié. Très belle ép.

26 — La Ravaudeuse, par Flipart. Belle ép.

27 **Cochin** (D'ap.). La Ravaudeuse. — Le Tailleur pour femmes. 2 p., belles ép.

28 — Frontispice de l'Encyclopédie, par Prévost. Très belle ép. avant la presse dans le bas à gauche.

29 **Crépy** (Chez). Trophées. Suite de 4 p. imprimées en rouge.

30 **Crousel** (Chez). Le Retour du spectacle. Belle ép. Rare.

31 **Daubigny**. Paysages, 3 p. très belles épreuves avant la lettre.

32 **David** (Gust). Costumes militaires de 1791, d'après Alfred de Marbot. 21 p. coloriées.

33 **Debucourt**. La Marchande de Poissons, d'après Carle Vernet. Belle ép. en couleur.

34 — Le Coup de Vent, d'après C. Vernet. Belle ép. en couleur.

35 — Les Anglais à Paris. — Anglais en habit habillé, d'après C. Vernet. 2 p. belles ép. en couleur.

36 — Marche d'officiers anglais. — Militaires anglais, d'après Carle Vernet, 2 p. belles ép. en couleur.

37 — Officiers anglais et écossais. — Militaires écossais, d'après C. Vernet. 2 p. belles ép. en couleur.

38 — Militaires de la Garde impériale russe et allemande. Belle ép. en couleur, toute marge.

39 **Debucourt**. La même estampe. Belle ép. en couleur.

40 **De Marcenay**. Portraits et Paysages. 18 p. très belles ép.

41 **De Mare** (T.). Portrait de la Reine de Hollande, in-fol. Belle ép. sur chine.

42 — Henry-M. Stanley, d'après Héaly. Epreuve d'artiste avant toutes lettres, sur japon.

43 **Demarteau**. La jeune Bergère, d'après J.-B. Huet. 2 p. belles ép. en couleur.

44 **Dennel**. La dédicace d'un Poème épique, d'après Wille fils. Très belle ép. avant toutes lettres.

45 **Dorigny** (N). Coupole de l'Eglise Ste-Agnès, à Rome. 8 p.

46 **Du Bosc**. Batailles de Flandre. 23 p. belles ép.

47 **Duchange**. Charles de Lafosse, d'après Rigaud. Epreuve avant toutes lettres.

48 **Duclos**, de Lyon. Animaux et paysages. 15 p. très belles ép.

49 **Edelinck** (G.). Guill. Fr., marquis de l'Hopital, d'après Foucher. Très belle ép.

50 **Eisen** (D'après). Uniformes de Cavalerie. 10 p.

51 **Everdingen** (A.). Paysages. 6 p., belles ép.

52 **Flameng** (Léop.). La Source, d'après Ingres. Très belles ép., sur chine.

53 — Saint Sébastien, d'après Ingres. Très belle ép. avant la lettre sur chine.

54 **Fragonard** (D'après). La Fontaine d'amour, par
N.-Fr. Regnault. Très belle ép.

55 — Le Songe d'amour, par le même. Très belle ép.

56 — Les Beignets, par N. de Launay. Très belle ép.,
grandes marges.

57 — Les Jets d'eau, par T. de M... Épreuve d'artiste
avanttoutes lettres, sur papier du Japon.

58 — La même estampe. Belle ép. sur chine.

59 **Gaultier** (L.). Pet. Aerodius, Henri IV à genoux,
etc. 4 p., belles ép.

60 **Gheyn** (De) et autres. Maniemeut de la pique et de
l'arquebuse. 18 p.

61 **Goltzius** (D'après). Jupiter et Europe, Pan et Syrinx.
2 p.

62 **Goncourt** (J. de). Portrait de Edmond de Goncourt. — Menu. — Carte de visite. 3 p., gravées à
l'eau-forte, ép. d'artiste.

63 **Hopwood**. Louis-Philippe. — Marie-Amélie, in-8.
62 ép. avant la lettre, sur chine et sur blanc.

64 **Huet** (J.-B.). La Fidélité couronne l'Amour. —
La Douceur et l'Amitié enchaînent l'Amour, par
Wolff. 2 belles ép. en couleur. Encad.

65 **Ingres** (D'après). Le docteur Martinet, lith. par
Calamatta. 28 ép. sur chine.

66 **Jacquemart** (J.). Miroir du XVIe siècle. — Trépied
ciselé par Goutière. — Verre de Venise, etc. 4 p.,
très belles ép.

67 **Janinet**. Sommeil de Vénus, d'après Charlier. Belle ép. en couleur.

68 **Janinet** et autres. Portraits d'acteurs et d'actrices. 14 p. en noir et en couleur.

69 **Le Beau**. Marie-Antoinette, reine de France. Belle ép., toute marge.

70 — Marie-Antoinette et Louis XVI, en regard, sur la même feuille. Belle ép., toute marge.

71 — Mlle Raucourt. — Mlle Dutey. 2 p., belles ép.

72 **Le Campion** et **Janinet**. Vues de Paris de forme ronde. 16 p. en couleur.

73 **Lecomte** (Hyp.). Portraits d'acteurs et d'actrices, en pied. 35 p. en noir et coloriées.

74 **Léoni** (Ottavio). Portraits de peintres et personnages italiens. 16 p., très belles ép.

75 **Lépicié** (B.). Pierre Grossin, directeur général des monnaies, d'après Largillière, Belle ép.

76 **Lombart** (P.). Le comte d'Arondel. — Élisabeth' comtesse de Devonshire, 2 p., très belles ép.

77 **Lucien** (J.-B.). La Beauté sacrifiant aux Grâces, d'après Jos. Reynolds. Belle ép. à la sanguine.'

78 **Matham** (J.). Sujets mythologiques, d'après Goltzius. Suite de 8 p., très belles ép. (Manque le numéro 2.)

79 **Michel** (J.-B.). Portraits de J.-J. Rousseau et de Voltaire. 2 p., belles ép.

80 **Millet** (J.-F.). La Bouillie. Belle ép. sur chine.

81 **Moreau** le jeune. Le Bal masqué. Belle ép.

82 — Tombeau de Jean-Jacques Rousseau. Très
belle ép.

83 **Morin** (J.). Corn. Jansénius, évêque d'Ypres. Très
belle ép. du 1er état.

84 — Antoine Vitré, imprimeur, d'après Champagne
Belle ép.

85 **Nanteuil** (Rob.). J.-B. Colbert, d'après Champagne.
Ép. du 3e état.

86 — Le même personnage. Belle ép. sans marge.

87 — Pierre Séguier, chancelier de France, d'après Le
Brun. Belle ép. du 2e état.

88 **Nattier** (D'après). Mme Louise-Élisabeth de France,
(*La Terre*), par Baléchou. — Mme Adélaïde de France
(*L'Air*), par Beauvarlet. — Mme Henriette de France.
(*Le Feu*), par J. Tardieu. — Mme Marie-L.-Th. Vic-
toire de France (*L'Eau*), par R. Gaillard. Suite de
4 p., très belles ép.

89 **Ostade** (A. Van). Le Fumeur riant. — Boulanger
sonnant du cornet. 2 p., très belles ép.

90 — Le Maître d'école. — Homme et Femme marchant
ensemble. 2 p., belles ép.

91 — Gueux enveloppé d'un manteau. Superbe ép.,
Coll. du comte de Caylus et W. Esdaile.

92 — L'Homme appuyé sur le bas de sa porte. —
Le coup de couteau. — Homme et Femme marchant ensemble. — Le Bénédicité. 4 p., belles ép.

93 **Ostade** (A. Van). La Grange. -- Le Violon et le
·Petit Vielleur. — La Fête sous la treille. — La Fête
sous le grand arbre. -- Le Goûter. 5 p., belles ép.

94 **Picot** (V.-M.). Les Plaisirs de l'été, d'après Watteau.
Très belle ép.

95 **Poilly** (N.). Henry de Bourbon, duc d'Enghien,
d'après Mignard. Belle ép.

96 **Porporati**. La petite Fille au chien, d'après Greuze.
Très belle ép.

97 — Le Bain de Léda, d'après le Corrège, très belle ép.
avant la lettre, les noms à la pointe.

98 — La même estampe. Belle ép.

99 — Le Coucher, d'après Vanloo. Très belle épreuve
avant toutes lettres.

100 **Porreau** (Jules). Portraits de personnages célèbres,
publiés par Vignères. 65 p. en bistre.

101 **Prudhon**. Phrosine et Melidore, in-4. — Abrocome
et Anzia, par Roger. 2 p.

102 — La Soif de l'or, par Aubry-le-Comte. — Le
Triomphe de Vénus et deux autres lithogr. 4 p.

103 **Quénedey**. M. Delorme, M. Maisonnade, Mlle Millirèe
danseuse et autre. 4 p. dont trois en couleur.

104 **Raimondi** (École de Marc-Antoine). Les Apôtres,
le Massacre des Innocents, Histoire de Psyché, les
Trois Grâces, Joseph et Putiphar, etc. 20 p.

105 — Portrait de Raphaël. Belle ép.

106 **Rajon**. Le Hache-paille égyptien, d'après Gérome.
Ép. d'artiste avant toutes lettres.

107 **Ramberg** (H.). Joconde. — La Jument de compère
Pierre, contes de La Fontaine. 2 p., très belles ép.
coloriées.

108 — Le Poirier enchanté. — Le Villageois qui cherche
son veau. 2 p. très belles ép. coloriées.

109 **Rembrandt** (D'ap.). Rénier Anslow, par J. Boydell.
— Le Bourgmestre, par Hodges. 2 p. très belles
ép., avant la lettre.

110 **Renard** (L.). Elisabeth-Charlotte-Palatine, duchesse
d'Orléans. In-fol. Belle ép.

111 **Richomme** (J.-T.). Adam et Eve, d'après Raphaël.
Belle ép.

112 **Roger** (B.). Portraits de la famille des Bourbons.
15 p., belles ép.

113 **Rubens** (D'après). François II, grand-duc de Tos-
cane. — Jeanne d'Autriche, par Gauthier et Pierron.
2 p. en couleur.

114 — Paysages, gravés par Bolswert. 11 p. belles ép.

115 **Sadeler** (J.). Le Festin des Dieux, d'après Th. Ber-
nard. Très belle ép.

116 — Oracles des Anachorètes, d'après Martin de Vos.
87 p., belles ép. remargées.

117 **Salvator Rosa**. Costumes militaires et autres.
45 p.

118 **Schenker**. Fanchon la vielleuse, d'après De la
Place. Très belle ép. avant la lettre, en couleur.

119 **Schmidt** (G.-F.). Maurice Quentin de La Tour,
d'après lui-même. Belle ép. marges.

120 **Silvestre** (Isr.). La Porte Saint-Honoré, la Porte Saint-Bernard, Vue de l'Arsenal, Vue du Dôme des Tuileries, l'Église des Cordeliers de Tanlay. 5 p., belles ép.

121 **Strange** (Rob.). Danaé, d'après le Titien. Très belle ép.

122 **Van Dyck** (D'ap.). Jean Levens, par Wosterman. — A. Wolfart par Corn. Galle. — M. Mirevelt, par Delph. 3 p., belles ép.

123 — La Femme de Van Dyck, par J. M... Belle ép. à la sanguine.

124 **Van Schuppen**. Jean Hindret, in-8°. Belle ép. grandes marges.

125 — P. de Marca, archevêque de Paris, d'après Vanloo. Belle ép.

126 — S. Jos. Barbot de Lardeinne, avocat aux Conseils du Roy. —Portrait d'un ambassadeur. 2 p. belles ép.

127 **Varin** (P.-A.). Henry, comte d'Hoym, in-fol. Belle épreuve d'artiste sur chine.

128 **Vauquier**. Études de Fleurs. Suite de 12 p.

129 **Watteau** (D'ap.). La Rêveuse, par Aveline. Belle ép.

130 **Watteau** de Lille. Costumes gravés par Le Beau, Dupin et autres. 7 p., belles ép.

131 — Costumes de femmes. 3 p. belles ép. coloriées.

132 **Wille** (J.-G.). La petite Écolière.— La Ménagère hollandaise. — Le petit Physicien. 3 p.

133 **Zocchi** (D'apr.). Portraits de la Famille de Médicis, in-fol. 78 p.

134 **Gravures diverses**. Modes du *Costume parisien* de l'an VII à 1832. 223 p. coloriées.

135 — Costumes de modes publiés en Angleterre, en 1799. 13 p. coloriées.

136 — L'Amateur anglais à Paris. — Diner des Anglais, chez Véry. 2 p. coloriées.

137 — Vénus et l'Amour. 2 petites pièces de l'école anglaise avant toutes lettres, en bistre.

138 — Programme du Théâtre du Château d'Eu, le 6 septembre 1843. 7 ép. sur satin.

139 — Portrait de Voltaire, esquisse d'après nature faite à Ferney. Belle ép.

140 — Le même personnage, d'après Devéria, in-8°. Belle ép. avant la lettre, non terminée.

141 — Portrait de Porporati, graveur, in-4°. Ép. avant toutes lettres.

142 — Portrait de l'abbé de l'Épée, gravé par Aubert, in-fol. Belle ép.

143 — Portraits des Suites de Desrochers et deMoncornet. 31 p.

144 — De la Galerie théâtrale, 8 p. en noir et en couleur.

145 — Portraits divers anciens et modernes, gravures sur bois, etc. Environ 50 p.

146 **Gravures diverses**. Ornements, Meubles, Panneaux, Arabesques, par Boucher, Delafosse, La Joue, Della Bella, Abr. Bosse, etc. 48 p.

147 — Cartouches et Encadrements par Babel, Berthault, Cuvilliés, etc. 31 p.

148 — Livre de Tombeaux, composés et gravés par Fr. Boucher. — Ornementation des jardins. Ensemble 13 p. en noir et coloriées.

149 — Gravures anciennes, sujets de l'école anglaise, gravés à l'aquatinte, Paysages, etc. 16 p.

150 — Gravures et lithographies, costumes, etc. 13 p.

151 — Eaux-fortes, par Lalauze, Legros, de Dananche, etc. in-fol. 7 p. avant et avec la lettre.

152 — par Jules Joyant, Decamps, Monziès, de Marc, etc. 15 p. dont plusieurs avant la lettre.

153 — Ex libris, armoiries, fleurons, etc. 36 p.

154 — Vues de Paris et autres. 8 p.

DESSINS

MINIATURES, LIVRES, etc.

155 **GAMELIN**. Batailles. 6 très beaux dessins à l'aquarelle, de forme ronde.

156 **JOHANNOT** (Tony). Vignettes, Frontispices, Entourages, Portraits et Compositions diverses de la période romantique. 29 dessins à la plume, à la sépia et à la mine de plomb.

157 **JOLY.** Portraits d'acteurs en pied. 3 dessins à l'aquarelle et à la sépia.

158 **LA RUE.** Monument funéraire. Dessin à la sépia et à l'encre de chine.

159 **MARTINET.** L'Intérieur d'un appartement. Joli dessin à l'aquarelle.

160 **MONVOISIN.** L'Abandonnée. Joli dessin à la sépia. Signé.

161 **MORAINE** (De). Exécution de Louis XVI et deux autres vignettes. 3 jolis dessins à la sépia.

162 **OMMEGANCK.** Bergers gardant leurs troupeaux. Beau dessin à l'encre de chine. Signé.

163 **ROBERT** (H). Ruines antiques. — Cour de ferme. 2 dessins à la sépia et à la sanguine.

164 **ROBERT** (Léop). Étude de tête de femme. Très beau dessin à la pierre noire rehaussé de sanguine.

165 **WATTIER** (Em). Frontispices de livres, fleurons, encadrements de pages, vignettes et sujets de la période romantique. 39 très jolis dessins au crayon noir et à la sanguine.

166 — La Fille de la portière. Joli dessin à la pierre noire. Signé.

167 **DIVERS.** Cartouches de style rocaille. 12 beaux dessins à la plume.

168 — Dessins divers anciens. 10 p.

169 — Dessins modernes. 13 p.

170 **MINIATURES** tirées de l'Antiphonier, dit *le Canteraël*, etc. 12 p. en un vol. relié.

171 **MINIATURES.** Carnet de danse, avec une miniature sur ivoire, représentant une jeune femme avec son enfant.

172 — Portrait d'homme du xviiiᵉ siècle. — Portrait de jeune homme. — Petit Sujet dessiné en cheveux. 3 p.

173 — Un petit Tableau sur bois, portrait d'Arnal, en pied.

174 **LIVRES.** Tableaux de la vie ou les mœurs du xviiiᵉ siècle. A Neuwied sur le Rhin, sans date. 2 vol. in-18, en feuilles, non rog. avec 17 fig.

175 — Odes d'Anacréon, traduites en français par le citoyen Gail. *Paris, Didot l'aîné*, 1794. 1 vol. in-18, br., n. rog., fig.

176 — Pièces de théâtre. Les deux Amis, drame, par Beaumarchais, 1770. — Le Lendemain des Noces, suite au Mariage de Figaro, 1787. — L'Amour et la Raison, par Pigault Le Brun, 1791. — La Dunciade, 1764. 4 vol. in-8 br., non rog.

177 — Alphabet et modèles d'écriture avec entourage d'oiseaux et d'animaux, gravés par Gaët. Giarre, 1797. 1 vol. in-fol., contenant 25 pl.

178 — L'Autographe, année 1864. 1 vol. br.

179 — Plan de Paris, en 12 municipalités, 1799. — Environs de Paris, 1810. — Carte du service des Postes an VIII. — Carte de France avec vues 1850. 4 p. cart.

180 — Livrets du Salon, Catalogues de musées, 20 vol. in-12, br.

Vᵗᵉ Renou et Maulde, imprimeurs de la Compagnie des Commissaires-Priseurs, rue de Rivoli, 141.   200—02496